El
COCODRILO
CARNÍVORO

Para Dylan, Harry, Rory y Theo
J. W.

Para Max, Björn, Frej y Charlie
B. G.

Gracias a Mick Manning, Lesley Wild y la diseñadora Rebecca Watson,
sin cuya orientación creativa y apoyo no hubieran visto la luz los cinco flamencos.

Puedes consultar nuestro catálogo en
www.picarona.net

EL COCODRILO CARNÍVORO
Texto: *Jonnie Wild*
Ilustraciones: *Brita Granström*

1.ª edición: septiembre de 2018

Título original: *The carnivorous crocodile*

Traducción: *Verónica Taranilla*
Maquetación: *Montse Martín*
Corrección: *Sara Moreno*

© 2018, Jonnie Wild & Brita Granström
Título publicado originalmente por Otter-Barry Books en UK y USA en 2018
www.otterbarrybooks.com
(Reservados todos los derechos)
© 2018, Ediciones Obelisco, S. L.
www.edicionesobelisco.com
(Reservados los derechos para la lengua española)

Edita: Picarona, sello infantil de Ediciones Obelisco, S. L.
Collita, 23-25. Pol. Ind. Molí de la Bastida
08191 Rubí - Barcelona
Tel. 93 309 85 25 - Fax 93 309 85 23
E-mail: picarona@picarona.net

ISBN: 978-84-9145-187-7
Depósito Legal: B-11.355-2018

Printed in China

El COCODRILO CARNÍVORO

Texto:
Jonnie Wild

Ilustraciones:
Brita Granström

El sol era abrasador.

Los animales tenían calor.

Se habían reunido alrededor de una charca
y miraban ansiosamente el agua fresca.

—¿A qué estáis esperando? —preguntaron los
cinco flamencos, agitando sus plumas.

—¡NO ENTRÉIS! —gritaron los animales sedientos—.
Hay un cocodrilo carnívoro que se **come** a los animales
como nosotros. No le gusta compartir el agua.

—No nos asusta un viejo cocodrilo tonto –dijeron los cinco flamencos.

»¡Miradnos!

Y se metieron en el agua.

Entonces llegó el cocodrilo...

—Soy un cocodrilo carnívoro que se **come** a las criaturas como vosotros —dijo abriendo su enorme boca.

»Y ésta es **MI** charca.

Los flamencos miraron al cocodrilo a los ojos
y dijeron con firmeza:

—**SOMOS** flamencos. **SOMOS** rosados y hermosos.
¡Y **NO** somos **COMIDA**!

»¡Si nos comes, tendrás un **hipo horroroso**!

—¡**Puf!** –dijo el cocodrilo carnívoro, y se fue nadando.

—¿**Veis?** –dijeron los cinco flamencos–. Así se engaña a un viejo y tonto cocodrilo. Sed valientes.

Así, tres jirafas desgarbadas entraron de puntillas en el agua.

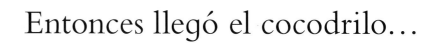

Entonces llegó el cocodrilo…

—Soy un cocodrilo carnívoro que se **come** a las criaturas como vosotras –dijo mostrando sus dientes afilados.

»Y ésta es **MI** charca.

Las jirafas estaban asustadas, pero miraron al cocodrilo a los ojos y dijeron firmemente:

—**SOMOS** flamencos. **SOMOS** rosados y hermosos. ¡Y **NO** somos **COMIDA!**

»¡Si nos comes, tendrás un **hipo horroroso!**

—¡**Puf!** –dijo el cocodrilo carnívoro,
y se fue nadando.

—¿Ya se ha ido? –susurraron las jirafas
aterrorizadas.
—Claro que sí –dijeron los cinco flamencos–.
¿Quién es el siguiente? Sed valientes.

Así, una familia de monos traviesos
se adentró en el agua.

Entonces llegó el cocodrilo…

—Soy un cocodrilo carnívoro
que se **come** a las criaturas
como vosotros —dijo batiendo
sus terribles mandíbulas.

»Y ésta es **MI** charca.

Los monos bebé sacaron sus pequeñas lenguas rosas y chillaron:

—**SOMOS** flamencos. **SOMOS** rosados y hermosos. ¡Y **NO** somos **COMIDA**!

»¡Si nos comes, tendrás un **hipo horroroso**!

—¡Puf! —refunfuñó el cocodrilo mientras se alejaba nadando—. Hay un montón de flamencos hoy. Por un momento pensé que había podido oler un lindo y jugoso mono.

—¡Es **NUESTRO** turno! –dijeron dos impacientes elefantes–. Seremos unos flamencos **MUY** hermosos.

Y se metieron en el agua.

Entonces llegó el cocodrilo…

Los elefantes lo miraron a los ojos y trataron de no tambalearse.

—**SOMOS** flamencos. **SOMOS** rosados y hermosos. Y **NO...**

—Un momento –dijo el cocodrilo carnívoro, acercándose más y más y abriendo bien su enorme boca.

»¡No sois rosados!

—Es verdad —dijeron los elefantes—.
No somos **muy** rosados, pero ¿no te parece
que somos los flamencos más hermosos?

—¡NO! —dijo el cocodrilo carnívoro—.
No creo que seáis rosados ni hermosos.
¿Estáis seguros de que sois flamencos?

—No —dijeron los elefantes riendo—. Pero estamos seguros de que SOMOS...

¡MUY
PESADOS!

Y cuando hayamos terminado...

DE SALTAR
SOBRE

TI,

te darás cuenta de que
esta charca es para…

—¿Hay sitio para un flamenco más? —se escuchó decir a una humilde voz desde la orilla de la charca.

»¿Por favor?

Acerca de los animales

¿Son tan rosados los flamencos? ¿Y tan hermosos?

Existen seis especies de flamencos, incluidas dos que viven en África, y todas son hermosas.
Algunos son muy pálidos, otros anaranjados. Los flamencos de Brita combinan lo más atractivo de cada especie.

¿Todos los cocodrilos son carnívoros (comedores de carne)? ¿Y son realmente tan miopes?

Todos los cocodrilos son carnívoros, pero a pesar de tener el mordisco más potente del reino animal,
algunas de las cuatro especies de cocodrilos africanos son felices con una dieta basada en pescado y,
ocasionalmente, alguna serpiente, tortuga o pájaro. El agresivo cocodrilo del Nilo prefiere una dieta
más sustanciosa y atacaría incluso a un hipopótamo o a un elefante.

La mayoría de los cocodrilos tienen una visión nocturna excelente, pero Jonnie imagina que bajo la luz del sol,
¡un cocodrilo podría sentirse confundido ante una jirafa que posa como un flamenco!

Acerca de la conservación

El proyecto Udzungwa Forest, en Tanzania, es el hábitat amenazado
de elefantes africanos y de monos colobos.

Sus prioridades son la educación, el entrenamiento, la vivienda para los habitantes locales y la plantación de árboles.
La amenaza más grande para lo que queda del bosque es la tala de sus árboles jóvenes, empleados para hacer herramientas
y obtener carbón, así que la plantación para uso local y para conectar áreas aisladas de la selva son fundamentales.

El apoyo científico para este proyecto lo brinda la Universidad de York junto a Flamingo Land,
que trabaja por la conservación de muchas especies en peligro, incluidos los flamencos.

La amenaza más seria para la población de flamencos salvajes
ha sido la propuesta de extraer la sal del lago Natron en Tanzania,
donde se reproduce el 75 por 100 de la población mundial del flamenco enano.
Los conservacionistas están trabajando ahora con el Gobierno de Tanzania para reforzar la protección del área.

Jonnie también ha trabajado durante muchos años con el Grupo de Conservación de la Selva de Tanzania,
que se ocupa de la preservación de la comunidad en las selvas amenazadas en las montañas del Arco Este, incluido Udzungwa.

Para más información, visita www.tfcg.org y www.circle-conservation.org

Acerca del autor

Jonnie Wild ha estado involucrado en la preservación de los bosques y en proyectos de plantación de árboles durante más de veinte años. Trabaja con científicos ambientales en la Universidad de Leeds, apoyando la investigación y acciones destinadas a conservar los bosques en beneficio de la vida salvaje y humana, y a ayudar a combatir el cambio climático.

El cocodrilo carnívoro es el primer libro para niños de Jonnie. Vive en Harrogate, Yorkshire.

Visita www.unitedbankofcarbon.com

Acerca de la ilustradora

Brita Granström es una ilustradora y pintora cuyos libros infantiles han obtenido el premio Smarties/Nestlé Silver y, en cinco ocasiones, el premio de la English Association 4-11. Ha sido preseleccionada dos veces para el ALMA (Astrid Lindgren Memorial Award), el galardón internacional para libros infantiles más importante del mundo.

Los vívidos recuerdos que Brita conserva de su trabajo como ilustradora para un *flying doctor* (servicio de ambulancia aérea) en África la han ayudado a dar autenticidad así como un toque de humor a sus ilustraciones para *El cocodrilo carnívoro*.

Brita es, junto a su compañero Mick Manning, la ilustradora del libro *Books! Books! Books!* publicado por Otter-Barry Books. Vive con su familia en la zona fronteriza de Escocia.

Visita www.mickandbrita.com